Theodor   Storm

Hinzelmeier

Eine nachdenkliche Geschichte

Theodor Storm

Hinzelmeier
Eine nachdenkliche Geschichte

ISBN/EAN: 9783337352912

Hergestellt in Europa, USA, Kanada, Australien, Japan

Cover: Foto ©Andreas Hilbeck / pixelio.de

Weitere Bücher finden Sie auf **www.hansebooks.com**

Hinzelmeier

beim Theodor Storm

Eine nachdenkliche Geschichte

Die weiße Wand

In einem alten weitläufigen Hause wohnten Herr
Hinzelmeier und die schöne Frau Abel: sie waren nun schon
ins zwölfte Jahr verheiratet, ja die Leute in der Stadt zählten
ihnen nach, daß sie zusammen schon fast an die achtzig
Jahre auf dem Nacken hätten und noch immer waren sie
jung und schön und hatten weder ein Fältchen vor der
Stirn, noch ein Hahnepfötchen unter den Augen. Daß dies
nicht mit rechten Dingen zugehe, war nun freilich klar
genug und wenn die Hinzelmeierschen aufs Tapet kamen, so
tranken die Stadtkaffeetanten drei Näpfchen mehr als am
ersten Ostersonntagnachmittage. Die Eine sagte: "Sie haben
einen Jungbrunnen im Hofe!" Die Andere sagte: "Es ist eine
Jungfernmühle!" Die Dritte sagte: "Ihr Bube, das
Hinzelmeierlein, ist mit einer Glückshaube auf die Welt
gekommen und nun tragen die Alten sie wechselweise,

3

Nacht um Nacht!" Das kleine Hinzelmeierlein dachte nun freilich nicht dergleichen; es kam ihm im Gegenteil ganz natürlich vor, daß seine Eltern immer jung und schön waren; aber gleichwohl bekam auch er sein Nüßchen, das er vergeblich zu knacken suchte.

Eines Herbstnachmittags, da es schon gegen das Zwielicht ging, saß er in dem langen Korridor des oberen Stockwerks und spielte Einsiedler; denn weil die silbergraue Katze, welche sonst bei ihm zur Schule ging, eben in den Garten hinabgeschlichen war, um nach den Buchfinken zu sehen, so hatte er mit dem Professorspiel für heute aufhören müssen. Er saß nun als Einsiedler in einem Winkel und dachte sich Allerhand, wohin wohl die Vögel flögen und wie die Welt draußen wohl aussehen möge und noch viel Tiefsinnigeres; denn er wollte der Katze darüber auf den andern Tag einen Vortrag halten—als er seine Mutter, die schöne Frau Abel, an sich vorübergehen sah. "Heisa, Mutter!" rief er; aber sie hörte ihn nicht, sondern ging mit raschen Schritten an das Ende des Korridors; hier blieb sie stehen und schlug mit dem Schnupftuch dreimal gegen die weiße Wand. —Hinzelmeier zählte in Gedanken "eins"—"zwei" und kaum hatte er "drei" gezählt, als er die Wand sich lautlos öffnen und seine Mutter dadurch verschwinden sah; kaum konnte der Zipfel des Schnupftuches noch mit hindurchschlüpfen, so ging alles mit einem leisen Klapp wieder zusammen und der Einsiedler dachte nun auch noch darüber nach, wohin doch wohl seine Mutter durch die Wand gegangen sei. Darüber ward es allmählich dunkler und das Dämmern in seinem Winkel war schon so groß geworden, daß es ihn ganz verschlungen hatte, da machte es, wie zuvor, einen leisen Klapp, und die schöne Frau Abel trat aus der Wand wieder in den Korridor hinein. Ein Rosenduft schlug dem Knaben entgegen, wie sie an ihm vorüberstrich. "Mutter, Mutter!" rief er; aber er hielt sie nicht zurück; er hörte, wie sie die Treppe hinab und in das Zimmer des Vaters ging. Wo er am Vormittag sein Schaukelpferd an den messingenen Ofenknopf gebunden hatte. Nun hielt es ihn nicht länger, er sprang durch den Korridor und ritt wie der Wind das Treppengeländer hinab. Als er ins Zimmer trat, war es voller Rosenduft und es schien ihm fast, als wäre seine Mutter selber eine Rose, so leuchtend war ihr Antlitz. Hinzelmeier wurde ganz nachdenklich.

"Liebe Mutter", sagte er endlich, "weshalb gehst du denn immer durch die
Wand?"

Und als Frau Abel hierauf verstummte, sagte der Vater: "Ei nun, mein Sohn, weil die anderen Leute immer durch die Tür gehen."

Das war dem Hinzelmeier schon einleuchtend; bald aber wollte er mehr erfahren.

"Wohin gehst du denn, wenn du durch die Wand gehst", fragte er weiter, "und wo sind die Rosen?"

Aber ehe er sich's versah, hatte der Vater ihn kopfüber aufs Schaukelpferd gestülpt und die Mutter sang das schöne Lied:

"Hatto von Mainz und Poppo von Trier
Ritten zusammen aus Lünebier;
Hatto hott hott! immer im Trott!
Poppo hopp hopp! immer Galopp!

Eins, zwei, drei!
Zelle vorbei;
Eins, zwei, drei, vier!
Nun sind wir schon hier."

"Bind es los! bind es los!" rief Hinzelmeier; und der Vater band das
Rößlein vom Ofenknopf und die Mutter sang und der Reiter ritt hopp hinauf
und hopp hinab und hatte bald alle Rosen und weißen Wände in der ganzen
Welt vergessen.

Der Zipfel

Nun gingen manche Jahre hin, ohne daß Hinzelmeier eine Wiederholung des Wunders erlebt hätte; er dachte daher auch überall nicht mehr daran, obgleich seine Eltern jung und schön blieben, wie sie es immer gewesen waren und oftmals auch im Winter der wunderbare Rosenduft sie umgab.

In dem einsamen Korridor des oberen Stockwerks war Hinzelmeier jetzt nur selten noch zu finden; denn die Katze war vor Alter gestorben und so war seine Schule aus Mangel an Schülern von selber eingegangen.

Es war ihm nun schon fast so, als müßte um einige Jahre der Bart zu wachsen anfangen; da ging er eines Nachmittags wieder in den alten Korridor hinauf, um die weißen Wände zu besichtigen, denn er wollte auf den Abend das berühmte Schattenspiel "Nebukadnezar und sein Nußknacker" zur Aufführung bringen. In dieser Absicht war er an das Ende des Ganges gekommen und betrachtete die weiße Querwand von oben bis unten, als er zu seiner Verwunderung den Zipfel eines Schnupftuches daraus hervorhängen sah. Er bückte sich, um es genauer zu betrachten; in der Ecke stand: 'A.H.'; das konnte nichts anderes heißen als: 'Abel

Hinzelmeier'; es war das Schnupftuch seiner Mutter. Nun fing's in seinem Kopfe an zu schnurren und die Gedanken arbeiteten rückwärts, weiter und weiter, bis sie bei dem ersten Kapitel dieser Geschichte plötzlich Halt machten. Hierauf suchte er das Schnupftuch aus der Wand herauszuziehen, was ihm auch nach einem etwas schmerzhaften Experimente glücklich gelang; dann schlug er, wie einst die schöne Frau Abel, dreimal mit dem Tuche gegen die Wand; und "eins—zwei—drei—!" tat sie sich lautlos von einander, Hinzelmeier schlüpfte hindurch und stand—wohin er am wenigsten zu gelangen dachte—auf dem Hausboden. Aber es war nicht daran zu zweifeln; dort stand der Urgroßmutterschrank mit den wackelköpfigen Pagoden, daneben seine eigne Wiege und weiterhin das Schaukelpferd, lauter ausgedientes Gerät; unter dem Balken längs an eisernen Haken hingen wie immer des Vaters lange Mäntel und Reisekragen und drehten sich langsam um sich selbst, wenn der Zug durch die offenen Bodenluken hereinstrich. "Sonderbar!" sagte Hinzelmeier, "warum ging die Mutter denn doch immer durch die Wand?" Da er indessen außer den bekannten Gegenständen nichts bemerken konnte, so wollte er durch die Bodentür wieder ins Haus hinabgehen. Allein die Tür war nicht da. Er stutzte einen Augenblick und meinte anfänglich, sich nur geirrt zu haben, weil er von einer anderen Seite, als gewöhnlich, hinaufgelangt war. Er wandte sich daher und ging zwischen die Mäntel durch nach dem alten Schranke, um sich von hier aus zurechtzufinden; und richtig! dort gegenüber war die Tür; er begriff nicht, wie er sie hatte übersehen können. Als er aber darauf zuging, erschien ihm plötzlich wieder alles so fremd, daß er zu zweifeln begann, ob er auch vor der rechten Tür stehe. Allein so viel er wußte, gab es hier keine andere. Was ihn am meisten verwirrte, war, daß die eiserne Klinke fehlte und auch der Schlüssel abgezogen war, der sonst immer aufzustecken pflegte. Er legte daher sein Auge an das Schlüsselloch, ob er vielleicht Jemanden auf der Treppe oder dem Vorplatz gewahren könne, der ihn herabließe. Zu seinem Erstaunen sah er aber nicht auf die dunkle Treppe, sondern in ein helles, geräumiges Zimmer, von dessen Dasein er bisher keine Ahnung gehabt hatte.

In der Mitte desselben gewahrte er einen pyramidenförmigen Schrein, der von zwei goldschimmernden Türen verschlossen und mit wunderlicher Schnitzarbeit verziert war. Hinzelmeier wußte nicht recht, ob das enge Schlüsselloch seinen Blick verwirrte, aber es war ihm fast, als wenn die Gestalten der Schlangen und Eidechsen in der braunen Laubgirlande, welche sich an den Kanten hinunterzog, auf und ab raschelten, ja mitunter sogar die geschmeidigen Köpfe auf den Goldgrund der Tür hinüberreckten. Dies alles beschäftigte den Knaben so, daß er nun erst die schöne Frau Abel und ihren Eheherrn bemerkte, welche mit geneigtem Haupte vor dem Schreine niedergekniet waren. Unwillkürlich hielt er den Atem an, um nicht bemerkt zu werden; und nun hörte er die Stimmen seiner Eltern in leisem Gesange:

Rinke, ranke, Rosenschein,
Tu dich auf, du goldner Schrein!
Tu dich auf und schließ uns ein,
Rinke, ranke, Rosenschein!

Während des Gesanges erstarrte in dem Laubwerk das Leben des Gewürmes; die goldenen Türen gingen langsam auf und zeigten in dem Innern des Schrankes einen kristallenen Becher, in welchem eine halberschlossene Rose auf schlankem Schafte stand. Allmählich öffnete sich der Kelch; weiter und weiter, bis eins der schimmernden Blätter sich ablöste und zwischen die Knieenden hinabfiel. Ehe es aber den Boden erreichte, zerstob es klingend in der Luft und füllte das Gemach mit rosenrotem Nebel. Ein starker Rosenduft quoll durch das Schlüsselloch; der Knabe preßte sein Auge an die Öffnung, aber er gewahrte nichts, als dann und wann ein Leuchten, das in der roten Dämmerung aufbrach und wieder verschwand. Nach einer Weile hörte er Schritte an der Tür; er wollte aufspringen, aber ein heftiger Schmerz an der Stirn raubte ihm die Besinnung.

Die Rose

Als Hinzelmeier aus der Betäubung erwachte, lag er in seinem Bette; Frau Abel saß neben ihm und hielt seine Hand in der ihren. Sie lächelte, da er die Augen zu ihr aufschlug und der Abglanz einer Rose lag auf ihrem Antlitz. "Du hast zu viel erlauscht, um nicht noch mehr erfahren zu müssen", sagte sie. "Nur darfst du für heute dein Bett nicht verlassen; aber währenddessen will ich dir das Geheimnis deiner Familie mitteilen. Du bist jetzt groß genug, um es zu wissen."

"Erzähle nur, Mutter", sagte Hinzelmeier und legte den Kopf zurück in die
Kissen; und dann erzählte Frau Abel:

"Weit von dieser kleinen Stadt liegt der uralte Rosengarten, von dem die Sage geht, er sei am sechsten Schöpfungstage mit erschaffen worden. Innerhalb seiner Mauer stehen tausend rote Rosenbüsche, welche nie zu blühen aufhören; und jedes Mal, wenn in unserem Geschlechte, welches in vielen Zweigen durch alle Länder der Welt verbreitet, ein Kind geboren wird, springt eine neue Knospe aus den Blättern. Jeder Knospe ist eine Jungfrau zur Pflegerin bestellt, welche den Garten nicht verlassen darf, bis die Rose von dem geholt worden, durch dessen Geburt sie entsprossen ist. Eine solche Rose, welche du vorhin gesehen hast, besitzt die Kraft, ihren Eigentümer zeitlebens jung und schön zu erhalten. Daher versäumt denn nicht leicht Jemand, sich seine Rose zu holen; es kommt nur darauf an, den rechten Weg zu finden; denn der Eingänge sind viele und oft verwunderliche. Hier führt es durch einen dicht verwachsenen Zaun, dort durch ein schmales Winkelpförtchen, mitunter"—und Frau Abel sah ihren Eheherrn, der eben ins Zimmer trat, mit schelmischen Augen an—"mitunter auch durch's Fenster!"

Herr Hinzelmeier lächelte und setzte sich neben das Bett seines Sohnes.
Dann erzählte Frau Abel weiter:

"Auf diese Weise wird die größte Zahl der Jungfrauen aus ihrer Gefangenschaft erlöst und verläßt mit dem Besitzer der Rose den Garten. Auch deine Mutter war eine Rosenjungfrau und pflegte sechzehn Jahre lang die Rose deines Vaters. Wer aber an dem Garten vorübergeht ohne einzukehren, der darf niemals dahin zurück; nur der Rosenjungfrau ist es nach dreimal drei Jahren gestattet, in die Welt hinaus zu gehen, um den Rosenherrn zu suchen und sich durch die Rose aus der Gefangenschaft zu erlösen. Findet sie in dieser Zeit ihn nicht, so muß sie in den Garten zurück und darf erst nach wiederum dreimal drei Jahren noch einmal den Versuch erneuern; aber Wenige wagen den ersten, fast Keine den zweiten Gang; denn die Rosenjungfrauen scheuen die Welt und wenn sie ja in ihren weißen Gewändern hinausgehen, so gehen sie mit niedergeschlagenen Augen und zitternden Füßen; und unter hundert solcher Kühnen hat kaum eine einzige den wandernden Rosenherrn gefunden. Für diesen aber ist dann die Rose verloren; und während die Jungfrau zu ewiger

Gefangenschaft zurückgegangen ist, hat auch er die Gnade seiner Geburt verscherzt und muß wie die gewöhnliche Menschheit kümmerlich altern und vergehen.—Auch du, mein Sohn, gehörst zu den Rosenherren und kommst du in die Welt hinaus, dann vergiß den Rosengarten nicht."

Herr Hinzelmeier neigte sich zur Frau Abel und küßte ihre seidenen Haare; dann sagte er, freundlich des Knaben andere Hand ergreifend: "Du bist jetzt groß genug! Möchtest du wohl in die Welt hinaus und eine Kunst erlernen?"

"Ja", sagte Hinzelmeier, "aber es müßte eine große Kunst sein; so eine, die sonst noch niemand hat erlernen können!"

Frau Abel schüttelte sorgenvoll den Kopf; der Vater aber sagte: "Ich will dich zu einem weisen Meister bringen, der viele Meilen von hier in einer großen Stadt wohnt; da magst du dir selbst eine Kunst erwählen."

Da war Hinzelmeier zufrieden.

Einige Tage darauf packte Frau Abel einen großen Koffer mit unzählig vielen Kleidern und Hinzelmeier selber legte noch ein Rasierzeug hinein, damit er den Bart, wenn er käme, sogleich wieder abschneiden könne. Dann fuhr eines Tages der Wagen vor die Tür und als die Mutter ihren Sohn zum Abschied umarmte, sagte sie unter Tränen zu ihm: "Vergiß die Rose nicht!"

Krahirius

Als Hinzelmeier ein Jahr bei dem weisen Meister gewesen war, schrieb er seinen Eltern, er habe sich nun eine Kunst erwählt, er wolle den? Stein der Weisen? suchen; nach zwei

Jahren werde der Meister ihn lossprechen, dann wolle er auf die Wanderschaft und nicht eher zurückkehren, als bis er den Stein gefunden habe. Dies sei eine Kunst, welche noch von Niemandem erlernt worden; denn auch der Meister sei eigentlich nur ein Altgesell, da der Stein noch keineswegs von ihm gefunden sei.

Als die schöne Frau Abel diesen Brief gelesen hatte, faltete sie ihre
Finger ineinander und rief: "Ach, er wird nimmer in den Rosengarten kommen!
Es wird ihm gehen wie unseres Nachbarn Kasperle, der vor zwanzig Jahren
ausgezogen und nimmer wieder nach Hause gekommen ist!"

Herr Hinzelmeier aber küßte die schöne Frau und sagte: "Er mußte seinen Weg gehen! Ich wollte auch einmal den? Stein der Weisen? suchen und habe statt dessen die Rose gefunden."

So blieb denn Hinzelmeier bei dem weisen Meister; und allmählich ging die Zeit herum.-Es war schon tief in der Nacht. Hinzelmeier saß vor einer qualmenden Lampe über einen Folianten gebückt. Aber es wollte ihm heute nicht gelingen; er fühlte es in seinen Adern klopfen und gären, es überfiel ihn eine Angst, als könne ihm auf immer das Verständnis für die tiefe Weisheit der Formeln und Sprüche verloren gehen, welche das alte Buch bewahrte.

Mitunter wandte er sein blasse Gesicht ins Zimmer zurück und starrte gedankenlos in den Winkel, wo die grämliche Gestalt seines Meisters vor einem niedrigen Herde zwischen glühenden Kolben und Tiegeln hantierte; mitunter, wenn die Fledermäuse an den Scheiben vorüberstrichen, sah er verlangend in die Mondnacht hinaus, die wie ein Zauber draußen über den Feldern lag. Neben dem Meister kauerte die Kräuterfrau am Boden. Sie hatte den grauen Hauskater auf dem Schoß und stäubte ihm sanft die Funken aus dem Pelz. Manchmal, wenn es so recht behaglich knisterte und das Tier vor angenehmem Grausen maunzte, langte der Meister liebkosend nach ihm zurück und sagte hustend: "Die Katze ist die Genossin des Weisen!"

Plötzlich schon von außen her, von der First des Daches, das unter dem Fenster lag, ein langgezogener, sehnsüchtiger Laut, wie dessen von allen Tieren nur die Katze und nur im Lenze mächtig ist. Der Kater richtete sich auf und krallte seine Klauen in die Schürze des alten Weibes. Noch einmal rief es draußen. Da sprang das Tier mit einem derben Satz auf den Fußboden und über Hinzelmeiers Schultern durch die Scheiben ins Freie, daß die Glasscherben klingend hinterdrein stoben.

Ein süßer Primelduft strich mit dem Zug ins Zimmer. Hinzelmeier sprang empor. "Es ist Frühling, Meister!" rief er und warf seinen Stuhl zurück.

Der Alte senkte seine Nase noch tiefer in den Tiegel. Hinzelmeier ging auf ihn zu und packte ihn an der Schulter. "Hört Ihr's nicht, Meister?"

Der Meister griff sich in den graugemischten Bart und stierte den Jungen- blöd durch seine grüne Brille an.

"Das Eis birst!" rief Hinzelmeier, "es läutet in der Luft!"

Der Meister faßte ihn ums Handgelenk und begann die Pulsschläge zu zählen. "Sechsundneunzig!" sagte er bedenklich.—Aber Hinzelmeier achtete dessen nicht, sondern verlangte seinen Abschied; und noch in selber Stunde. Da hieß der Meister ihn Stab und Ranzen nehmen und trat mit ihm vor die Haustür, von wo sie weit ins Land hineingehen konnten. Die unabsehbare Ebene lag in klarem Mondenlicht zu ihren Füßen. Hier standen sie still; das Antlitz des Meisters war gefurcht von tausend Runzeln, sein Rücken war gebeugt, sein Bart hing tief über seinen braunen Talar hinab; er sah unsäglich alt aus. Auch Hinzelmeiers Gesicht war bloß, aber seine Augen leuchteten.

"Deine Zeit ist um", sprach der Meister zu ihm. "Knie nieder, damit du losgesprochen werdest!" Dann zog er ein weißes Stäbchen aus dem Ärmel und dem Knieenden dreimal damit den Nacken berührend, sprach er:

"Das Wort ist gegeben
Unter die Geister;
Ruf es ins Leben,
So bist du der Meister.

Vorhanden ist es in keinem Reich.
Es ist ein Name, ein Dunst;
Finden und schaffen zugleich,
Das ist die Kunst!"

Dann hieß er ihn aufstehen. Ein Frösteln durchfuhr den Jüngling, als er in das greise, feierliche Angesicht des Meisters blickte. Er nahm Stab und Ranzen vom Boden und wollte von dannen gehen, aber der Meister rief: "Vergiß den Raben nicht!" Er griff mit der hageren Faust in seinen Bart und riß ein schwarzes Haar heraus. Das blies er durch die Finger; da schwang es sich als Rabe in die Luft.

Nun schwenkte er den Stab im Kreise um sein Haupt und wie er schwenkte, flog der Rabe; dann streckte er den Arm aus und der Vogel setzte sich auf seine Faust. Hierauf hob er die grüne Brille von seiner Nase; und während er sie auf des Raben Schnabel klemmte, sprach er:

"Wege sollst du weisen,
Krahirius sollst du heißen!—

Da schrie der Rabe: "krahira! krahira!" und hüpfte mit ausgespreizten
Flügeln auf Hinzelmeiers Schulter. Der Meister aber sprach zu diesem:

"Wanderspruch und Wanderbuch
Hast du nun; und nun genug!"

Dann wies er mit dem Finger in das Tal hinab, wo der unendliche Weg über
die Ebene lief und während Hinzelmeier, mit dem Reisehute grüßend, in die
Frühlingsnacht hinausging, schwang Krahirius sich auf und flog zu seinen
Häupten.

Der Eingang zum Rosengarten

Die Sonne stand schon hoch am Himmel. Hinzelmeier hatte
einen Richtweg über ein Feld mit grüner Wintersaat
eingeschlagen, das sich unabsehbar vor ihm ausdehnte. Zu
Ende desselben führte der Steig durch eine Öffnung des
Walles auf einen geräumigen Platz hinaus und Hinzelmeier
stand vor den Gebäuden eines großen Bauernhofes. Es hatte
zuvor geregnet; nun dampften die Strohdächer in der
herben Frühlingssonne. Er stieß seinen Wanderstab in den
Boden und blickte zum First des Wohnhauses hinauf, wo
ein Volk von Sperlingen sein Wesen trieb. Plötzlich sah er
aus einem der beiden weißen Schornsteine eine glänzende
Scheibe in die Luft steigen, sich langsam im Sonnenscheine

15

wenden und darauf wieder in den Schornstein hinabfallen.

Hinzelmeier zog seine Taschenuhr hervor. "Es ist Mittag!" sagte er, "sie backen Eierkuchen."—Ein lieblicher Duft verbreitete sich; und wieder stieg ein Eierkuchen in den Sonnenschein hinauf und sank nach einer kurzen Weile in den Schornstein zurück.

Der Hunger meldete sich; Hinzelmeier trat ins Haus und gelangte über einen breiten Flur in eine hohe, geräumige Küche, wie solche in größeren Gehöften zu sein pflegen. Am Herde, auf dem ein helles Reisigfeuer brannte, stand eine stämmige Bäuerin und tat den Teig in die zischende Pfanne.

Krahirius, der lautlos hintendrein geflogen war, setzte sich auf den
Herdmantel, während Hinzelmeier fragte, ob er für Geld und gute Worte eine
Mahlzeit hier bekommen könne.

"Hier ist kein Wirtshaus!" sagte die Frau und schwang ihre Pfanne, daß der Eierkuchen prasselnd in den schwarzen Schlot hinauffuhr und erst nach einer ganzen Weile mit der Oberseite in die Pfanne zurückklatschte.

Hinzelmeier griff nach seinem Stecken, den er beim Eintritt an die Tür gestellt hatte; allein die Alte fuhr mit der Gabel in den Eierkuchen und stülpte ihn rasch auf eine Schüssel. "Nun, nun!" sagte sie, "so war es nicht gemeint; setz Er sich nur; hier ist just einer fertig." Dann schob sie ihm einen hölzernen Stuhl an den Küchentisch und setzte den dampfenden Kuchen nebst Brot und einem Kruge jungen Landweins vor ihn hin.

Das ließ Hinzelmeier sich gefallen und hatte bald die derbe Speise und ein gut Teil des festen Roggenbrots verzehrt.

Dann setzte er den Krug an den Mund und tat einen herzhaften Zug auf die Gesundheit der Alten und dann zu seiner eigenen Gesundheit noch manchen anderen hinterher. Das machte ihn so vergnügt, daß er ganz wie von selber zu singen anhub. "Er ist ja ein lustiger Mensch!" rief die Alte von ihrem Herde hinüber. Hinzelmeier nickte; ihm fielen auf einmal alle Lieder wieder ein, die er vor Zeiten im elterlichen Hause von seiner schönen Mutter gehört hatte. Nun sang er sie, eines nach dem andern:

"Das macht, es hat die Nachtigall
Die ganze Nacht gesungen;
Da sind von ihrem süßen Schall,

Da sind von Hall und Widerhall
Die Rosen aufgesprungen.
Sie war doch sonst ein wildes Blut,
Nun geht sie tief in Sinnen;
Trägt in der Hand den Sommerhut
Und duldet still der Sonne Glut,
Und weiß nicht, was beginnen.

Das macht, es hat die Nachtigall
Die ganze Nacht gesungen!"—

Da wurde in der Wand, dem Herde gegenüber, unter den Reihen der blanken
Zinnteller, ein Schiebefensterchen zurückgezogen und ein schönes blondes
Mädchen, es mochte des Hauswirts Tochter sein, steckte neugierig den Kopf
in die Küche.

Hinzelmeier, der das Klirren der Fensterscheiben vernommen hatte, hörte auf zu singen und ließ seine Augen an den Wänden der Küche umherwandern; über das

Butterfaß und die blanken Käsekessel und über den breiten Rücken der Alten bis an das offene Schiebefensterchen, wo sie an zwei anderen jungen Augen hängen blieben.

Das Mädchen wurde ganz rot.—"Er singt schön!" sagte sie endlich.

"Es kam mir nur so", erwiderte Hinzelmeier. "Ich singe sonst gar nicht."

Dann schwiegen beide eine Weile und man hörte nur das Zischen der Pfanne und das Prasseln der Eierkuchen. "Caspar singt auch schön!" hub das Mädchen wieder an.

"Freilich wohl!" meinte Hinzelmeier.

"Ja", sagte das Mädchen, "aber so schön wie Er macht er's doch nicht. Wo hat Er denn das schöne Lied her?"

Hinzelmeier antwortete nicht darauf, sondern trat auf einen umgestürzten
Zuber, der unter dem Schiebefenster stand und sah an dem Mädchen vorbei in
die Kammer. Drinnen war voller Sonnenschein. Auf den roten Fliesen der
Diele lagen die Schatten von Nelken- und Rosenstöcken, welche seitwärts
vor einem Fenster stehen mochten. Plötzlich wurde im Hintergrund der
Kammer eine Tür aufgerissen. Der Frühlingswind brauste herein und riß dem
Mädchen ein blauseidenes Band von der Riegelhaube; dann fahr er durchs
Schiebefenster und trieb seine Beute kreiselnd in der Küche umher.
Hinzelmeier aber warf seinen Hut danach und fing es wie

einen Sommervogel.

Das Fenster war ein wenig hoch. Er wollte es dem Mädchen hinauflangen, sie bückte sich zu ihm heraus; da fahren beide mit den Köpfen aneinander, daß es krachte. Das Mädchen schrie; die Zinnteller klirrten, Hinzelmeier wurde ganz konfus.

"Er hat einen gar wackeren Kopf!" sagte das Mädchen und wischte sich mit ihrer Hand die Tränen von den Wangen. Als aber Hinzelmeier sich das Haar aus der Stirn strich und ihr herzhaft ins Gesicht schaute, da schlug sie die Augen nieder und fragte: "Er hat sich doch kein Leid's getan?"

Hinzelmeier lachte. "Nein, Jungfer!" rief er—er wußte selbst nicht, wie es ihm auf einmal einfallen mußte—"nehm Sie mir's nicht übel, aber Sie hat gewiß schon einen Schatz?"

Sie setzte die Faust unters Kinn und wollte ihn trotzig ansehen, aber ihre
Augen blieben an den seinen hängen. "Er faselt wohl", sagte sie leise.

Hinzelmeier schüttelte den Kopf; es wurde ganz still zwischen den Beiden.

"Jungfer!" sagte nach einer Weile Hinzelmeier, "ich möchte Ihr das Band in die Kammer bringen!"

Das Mädchen nickte.

"Wo geht denn aber der Weg?"

Es klang ihm in den Ohren: "Mitunter auch durchs Fenster!"—Das war die Stimme seiner Mutter. Er sah sie an seinem Bette sitzen; er sah sie lächeln; es war ihm plötzlich, als stehe er in einem rosenroten Nebel, der aus dem offenen

Schiebefenster in die Küche hereinzog. Er trat wieder auf
den Zuber und legte seine Hände um den Nacken des
Mädchens. Da sah er durch die offene Kammertür in einen
Garten, darinnen standen die blühenden Rosenbüsche wie
ein rotes Meer und in der Ferne sangen kristallne
Mädchenstimmen:

"Rinke, ranke, Rosenschein,
Tu dich auf und schließ uns ein!"—

Hinzelmeier drängte das Mädchen sanft in die Kammer
zurück und stemmte die Hände auf das Fensterbrett, um
sich mit einem Satz hineinzuschwingen; da hörte er es:
"krahira, krahira!" über seinem Kopfe schwirren; und ehe er
sich's versah, ließ der Rabe die grüne Brille aus der Luft und
gerade auf seine Nase fallen. Nur wie im Traume sah er noch
das Mädchen die Arme nach ihm ausstrecken; dann war auf
einmal alles vor seinen Augen verschwunden; aber in weiter
Ferne sah er durch die grünen Gläser eine dunkle Gestalt in
einem tiefen Felsenkessel sitzen, welche mit einem
Stemmeisen eifrig in den Grund zu bohren schien.

Ein Meisterschuß

"Der sucht den Stein der Weisen!" dachte Hinzelmeier; und
seine Wangen begannen zu brennen; er schritt wacker auf
die Erscheinung los; aber es war weiter, als es durch die
Brillengläser aussah; er rief dem Raben, der mußte mit
seinen Flügeln ihm die Schläfe fächeln. Erst nach Stunden
hatte er den Grund der Schlucht erreicht. Nun sah er eine
schwarze, rauhe Gestalt vor sich, die hatte zwei Hörner an
der Stirn und einen langen Schwanz, den ließ sie hinter sich
über das Gestein hinabhängen. Bei Hinzelmeiers Ankunft

nahm sie das Stemmeisen zwischen die Zähne und begrüßte ihn mit dem verbindlichsten Kopfnicken, während sie mit der Schwanzquaste den Bohrstaub zusammenfegte. Hinzelmeier wurde fast um die Anrede verlegen, deshalb nickte er jedesmal mit gleicher Verbindlichkeit wieder, so daß also diese Komplimente von beiden Seiten eine Zeitlang fortdauerten. Endlich sagte der Andere: "Sie kennen mich wohl nicht?"

"Nein", sagte Hinzelmeier. "Sind Sie vielleicht ein Pumpenmeister?"

"Ja", sagte der Andere, "so etwas ähnliches; ich bin der Teufel."

Das wollte Hinzelmeier nicht glauben; aber der Teufel sah ihn mit zwei solchen Eulenaugen an, daß er am Ende gründlich überzeugt wurde und ganz bescheiden sagte: "Dürfte ich mir die Frage erlauben, ob Sie mit diesem ungeheueren Loche ein physikalisches Experiment beabsichtigen?"

"Kennen Sie die ultima ratio regum?" fragte der Teufel.

"Nein", sagte Hinzelmeier. "Die ratio regum hat nichts mit meiner Kunst zu schaffen."

Der Teufel kratzte sich mit dem Pferdehuf hinter den Ohren und sagte dann, einen überlegenen Ton annehmend: "Mein Kind, weißt du, was eine Kanone ist?"

"Freilich", sagte Hinzelmeier lächelnd; denn das ganze hölzerne Arsenal aus seiner Knabenzeit sah er plötzlich im Geiste vor sich aufgepflanzt.

Der Teufel klatschte vor Vergnügen mit seinem Schwanze auf den Felsen. "Drei Pfund Schießpulver, ein Fünkchen

21

Höllenfeuer dazu; dann—!" Hier steckte er die eine Tatze in das Bohrloch und indem er die andere auf Hinzelmeiers Schulter legte, sagte er vertraulich: "Die Welt ist unregierbar geworden. Ich will sie in die Luft sprengen."

"Alle Wetter!" schrie Hinzelmeier, "das ist ja aber eine Radikalkur, eine wahr Pferdekur!"

"Ja", sagte der Teufel, "ultima ratio regum! versichere Sie, es gehört eine übermenschlich gute Natur dazu, um so etwas auszuhalten! Aber nun entschuldigen Sie ein Weilchen; ich muß ein wenig inspizieren." Mit diesen Worten zog er den Schwanz zwischen die Schenkel und sprang in das Bohrloch hinab. Da überfiel den Hinzelmeier auf einmal eine ganz übernatürliche Courage, so daß er bei sich beschloß, den Teufel aus der Welt zu schießen. Mit fester Hand zog er seine Zunderbüchse aus der Tasche, pinkte Feuer und warf es in das Bohrloch; dann zählte er: "eins zwei—"; aber er hatte noch nicht "drei" gezählt, so entlud sich diese grundlose Pistole ihres Schusses samt ihrer Vorladung. Die Erde machte einen fürchterlichen Seitensprung durch den Himmel. Hinzelmeier stürzte in die Knie; der Teufel aber flog wie eine Bombe durch die Luft, von einem Planetensystem in das andere, wo ihn die Anziehungskraft unseres Weltkörpers nicht mehr erreichen konnte. Hinzelmeier blickte ihm eine Weile nach; als er aber immer weiter und weiter flog und gar nicht damit aufhören wollte, so gingen ihm endlich die Augen über. Sobald daher die Erde sich insoweit beruhigt hatte, daß mit zwei Beinen wieder auf ihr zu stehen war, sprang er auf und blickte um sich her. Zu seinen Füßen gähnte ihn der schwarze ausgebrannte Mörser an; von Zeit zu Zeit quoll eine Wolke braunen Rauchs heraus und zog sich träge an den Felsen hin. Aber schon brach die Sonne durch den Dunst und vergoldete überall die Spitzen des Gesteins. Da nahm Hinzelmeier seine

Tabakspfeife aus der Tasche und die blauen Wolken vor sich hinblasend, rief er triumphierend: "Den Stein des Anstoßes habe ich aus der Welt geschossen; wohlan! der Stein der Weisen kann mir nicht entgehen!"

Dann setzte er seine Wanderung fort und Krahirius flog zu seinen Häuptern.

Die Rosenjungfrau

Aber er wanderte hin und her, kreuz und quer, er wurde müder und müder, sein Rücken wurde gekrümmt; aber immer fand er doch den Stein der Weisen nicht. So waren neun Jahre dahingegangen, als er eines Abends in ein Wirtshaus einkehrte, welches am Eingange einer großen Stadt gelegen war. Krahirius nahm sich mit der Klaue die Brille herunter und putzte sie an seinen Flügeln; dann setzte er sie wieder auf und hüpfte in die Küche. Als die Hausleute ihn sahen, lachten sie über seine Brille, nannten ihn? Herr Professor? und warfen ihm die fettsten Bissen vor.

"Wenn Ihr der Herr des Vogels seid", sagte der Wirt zu Hinzelmeier, "so ist nach Euch gefragt worden."

"Freilich bin ich das—" sagte Hinzelmeier.

"Wie heißt Ihr denn?"

"Ich heiße Hinzelmeier."

"Ei, ei", sagte der Wirt, "Ihren Herrn Sohn, den Gemahl der schönen Frau
Abel, den kenne ich recht wohl."

"Das ist mein Vater", sagte Hinzelmeier verdrießlich, "und die schöne Frau
Abel ist meine Mutter."

Da lachten die Leute und sagten, der Herr sei
außerordentlich spaßhaft.
Hinzelmeier aber sah vor Zorn in einen blanken Kessel.

Da starrte ihm ein grämliches Angesicht entgegen, voll
Runzeln und Hahnepfötchen und er gewahrte nun wohl,
daß er abscheulich alt geworden sei.

"Ja. ja!" rief er und schüttelte sich, als gelte es aus einem
schweren Traum zu kommen; "wo war es doch? Ich war ja
dicht davor." Dann erkundigte er sich bei dem Wirte, wer
nach ihm gefragt habe.

"Es war nur eine arme Dirne", sagte der Wirt, "sie trug ein
weißes Kleid und ging mit nackten Füßen."

"Das war die Rosenjungfrau!" rief Hinzelmeier.

"Ja", antwortete der Wirt, "ein Sträußermädel mag es wohl
sein, sie hatte aber nur noch eine Rose in ihrem Körbchen."

"Wohin ist sie gegangen?" rief Hinzelmeier.

"Wenn Ihr sie sprechen müßt", sagte der Wirt, "so werdet Ihr
sie schon in der Stadt an einer Straßenecke finden können."

Als Hinzelmeier das gehört hatte, schritt er eilig zum Hause
hinaus und in die Stadt hinein; Krahirius, die Brille auf dem
Schnabel, flog krächzend hinterher. Es ging aus einer Straße
in die andere und an allen Ecksteinen standen
Blumenmädchen; aber sie trugen plumpe Schnallenschuhe
und boten schreiend ihre Ware feil. Das waren keine
Rosenjungfrauen.—Endlich, als schon die Sonne hinter den

Häusern hinab war, gelangte Hinzelmeier an ein altes Haus, aus dessen offener Tür ein zartes Leuchten auf die dämmerige Gasse herausdrang. Krahirius warf den Kopf zurück und schlug ängstlich mit den Flügeln; Hinzelmeier aber achtete dessen nicht und trat über die Schwelle in einen weiten Hausflur, der ganz von rotem Schimmer erfüllt war. Tief im Hintergrunde, auf der untersten Stufe einer Wendeltreppe, sah er ein blasses Mädchen sitzen; in einem Körbchen, das sie auf ihrem Schoße hielt, lag eine rote Rose, aus deren Kelch das zarte Licht hervorbrach. Das Mädchen schien ermüdet; denn sie setzte eben die Lippen von einem irdenen Wasserkruge, der ihr von einem kleinen Knaben mit beiden Händen vorgehalten wurde. Ein großer Hund, der neben ihr an der Treppe lag und wie das Kind, hier zu Hause zu gehören schien, legte den Kopf an ihr weißes Gewand und leckte ihre nackten Füße. —"Das ist sie!" sagte Hinzelmeier; und seine Schritte wurden unsicher vor Hoffen und Erwarten. Und als die Jungfrau nun ihr Antlitz gegen ihn erhob, da fiel es ihm wie Schuppen von den Augen und er erkannte mit einem Mal das Mädchen aus der Bauernküche; nur trug sie heute nicht das bunte Nfieder und das Rot auf ihren Wangen war nur der Abglanz von dem Rosenlichte.

"O du!" rief Hinzelmeier, "nun wird noch alles, alles gut!"

Sie streckte die Arme nach ihm aus; sie wollte lächeln, aber die Tränen sprangen ihr in die Augen. "Wo ist Er denn so lange in der Welt umhergelaufen?" sagte sie.

Und als er nun in ihre Augen sah, da erschrak er vor lauter Freude; denn dort stand sein eigenes Bild, aber kein Bild, wie es ihn kurz vorher aus dem kupfernen Kessel angeglotzt hatte; nein, ein Gesicht, so jung und frisch und lustig, daß er laut aufjauchzen mußte; er hätte es um alle Welt nicht lassen können.-Da quoll von der Straße her ein

Menschenstrom ins Haus, schreiend und mit den Händen fechtend. "Hier steht der Herr des Vogels!" rief ein untersetztes Männlein; dann drangen alle auf Hinzelmeier ein.

Dieser faßte die Hand des Mädchens und fragte: "Was ist es mit dem Raben?"

"Was es ist?" sagte der Dicke, "dem Herrn Bürgermeister hat er die Perücke
gestohlen!"—"Ja, ja!" riefen Alle, "und nun sitzt es draußen auf der
Dachrinne, das Ungetüm und hat die Perücke in den Klauen und glotzt ihre
Wohlweisheit durch seine grünen Brillengläser an!"

Hinzelmeier wollte reden, aber sie nahmen ihn in ihre Mitte und schoben ihn gegen die Tür. Mit Schrecken fühlte er die Hand der Rosenjungfrau aus der seinen gleiten. So kam er auf die Straße.

Droben auf der Dachrinne des Hauses saß noch immer der Rabe und sah mit seinen schwarzen Augen lauernd auf die aus dem Hause Kommenden hinab. Plötzlich öffnete er die Klaue; und während die Bürger mit Stöcken und Schirmen nach der Perücke ihres Bürgermeisters in der Luft umherlangten, hörte Hinzelmeier es "krahira, krahira!" über seinem Haupte schwirren und in demselben Augenblicke saß auch die grüne Brille schon auf seiner Nase.

Da war auf einmal die Stadt vor seinen Augen verschwunden; aber durch die Brillengläser sah er zu seinen Füßen ein grünes Tal mit Meierhöfen und Dörfern. Sonnenbeschienene Wiesen zogen sich rings umher, auf welchen barfüßige Dirnen mit blanken Milcheimer durch das Gras schritten, während in weiterer Entfernung von den Dörfern junge Kerle die Sense schwangen. Was aber Hinzelmeiers Augen fesselte, war die Gestalt eines Menschen in rot und weißer Bluse, mit einer spitzen Kappe auf dem Kopfe, welcher inmitten einer Wiese mit auf den Knien gestutzten Armen in nachdenklicher Stellung auf einem Steine zu sitzen schien.

Nachbars Kasperle

Da dachte Hinzelmeier: "Das ist der Stein der Weisen!" und ging geradewegs auf ihn zu. Der Mensch aber beharrte in seiner nachdenklichen Stellung, nur daß er zu Hinzelmeiers Erstaunen seine große Nase wie Gummi elasticum über das Kinn herabzog.

"Ei, lieber Herr, was treibt Ihr denn da?" rief Hinzelmeier.

"Das weiß ich nicht", sagte der Mann, "aber ich habe da eine verwünschte
Glocke an der Mütze, die mich abscheulich im Denken stört."

"Warum zupft Ihr Euch denn aber so entsetzlich an der Nase?"

Oh", sagte der Mensch und ließ den Nasenzipfel fahren, daß er mit einem
Klapps wieder in seine alte Form zurückschnellte—"da bitte ich um
Entschuldigung; aber ich leide oftmals an Gedanken, denn ich suche den
Stein der Weisen."

"Mein Gott!" sagte Hinzelmeier, "da seid Ihr wohl, gar des

Nachbars
Kasperle; der gar nicht wieder nach Haus gekommen ist?"

"Ja", sagte der Mensch und reichte Hinzelmeier die Hand,
"der bin ich."

"Und ich bin Nachbars Hinzelmeier", sagte dieser, "und
suche auch den
Stein der Weisen."

Hierauf reichten sie sich noch einmal die Hände und
kreuzten dabei die Finger auf eine Weise, woran sie sich
gegenseitig als Eingeweihte erkannten. Dann sagte Kasperle:
"Ich suche den Stein der Weisen jetzt nicht mehr."

"Da reist Ihr vielleicht nach dem Rosengarten?" rief
Hinzelmeier.

"Nein", sagte Kasperle, "ich suche den Stein nicht mehr; aber
ich habe ihn bereits gefunden."

Da verstummte Hinzelmeier eine ganze Zeit lang; endlich
faltete er andächtig die Hände und sagte feierlich: "Es mußte
schon so kommen, ich wußte es wohl; denn ich habe vor
neun Jahren den Teufel aus der Welt geschossen."

"Das muß sein Sohn gewesen sein", sagte der Andere, "dem
alten Teufel bin ich noch vorgestern begegnet."

"Nein", sagte Hinzelmeier, "es war der alte Teufel; denn er
hatte Hörner vor der Stirn und einen Schwanz mit
schwarzer Quaste. Aber erzählt mir doch, wie Ihr den Stein
gefunden habt.

"Das ist einfach", sagte Kasperle; "dort unten im Dorfe
wohnen lauter dumme Leute, die nur mit Schafen und
Rindvieh verkehren; sie wußten nicht, welchen Schatz sie

besaßen; da habe ich ihn in einem alten Keller gefunden und mit drei Sechslingen das Pfund bezahlt. Und nun denke ich bereits seit gestern darüber nach, wozu er nütze sei und hätte es vermutlich schon gefunden, wenn mich die verwünschte Glocke nicht dabei gestört hätte."

"Lieber Herr Kollege!" sagte Hinzelmeier, "das ist eine höchst kritische Frage, woran vor Euch wohl noch kein Mensch gedacht hat! Aber wo habt Ihr denn den Stein?"

"Ich sitze darauf", sagte Kasperle und zeigte aufstehend Hinzelmeiern den runden, wachsgelben Körper, worauf er bisher gesessen hatte.

"Ja", sagte Hinzelmeier, "es ist kein Zweifel, Ihr habt ihn wirklich gefunden; aber nun laßt uns bedenken, wozu er nütze sei."

Damit setzten sie sich einander gegenüber auf den Boden, indem sie den
Stein zwischen sich nahmen und die Ellenbogen auf ihre Knie stützten.

So saßen und saßen sie; die Sonne ging unter, der Mond ging auf und noch immer hatten sie nichts gefunden. Mitunter fragte der Eine: "Habt Ihr's" aber der Andere schüttelte immer mit dem Kopfe und sagte: "Nein, ich nicht; habt Ihr's?" und dann antwortete der Andere: "Ich auch nicht."

Krahirius ging ganz vergnügt im Grase auf und nieder und fing sich Frösche. Kasperle zupfte sich schon wieder an seiner schönen, großen Nase; da ging der Mond unter und die Sonne kam herauf; und Hinzelmeier fragte wieder: "Habt Ihr's?" und Kasperle schüttelte wieder den Kopf und sagte: "Nein, ich nicht, habt Ihr's?" und Hinzelmeier antwortete trübselig: "Ich auch nicht."

Dann dachten sie wieder eine ganze Weile nach; endlich
sagte Hinzelmeier: "So müssen wir erst die Brille polieren,
dann werden wir hernach schon sehen, wozu er nütze sei."
Und kaum hatte Hinzelmeier seine Brille abgenommen, so
ließ er sie vor Erstaunen ins Gras fallen und rief: "Ich hab es!
Herr Kollege, man muß ihn essen! Nehmt nur gefälligst die
Brille von Eurer schönen Nase."

Da nahm auch Kasperle die Brille herunter und nachdem er
seinen Stein eine
Weile betrachtet hatte, sagte er: "Dieses ist ein sogenannter
Lederkäse
und muß mit des Himmels Hilfe gegessen werden. Bedienen
Sie sich, Herr
Kollege!"

Und nun zogen beide ihre Messer aus der Tasche und hieben
wacker in den
Käse ein. Krahirius kam herbeigeflogen und nachdem er die
Brille aus dem
Grase aufgesammelt und über seinen Schnabel geklemmt
hatte, setzte er sich
gemächlich zwischen die Essenden und schnappte nach den
Rinden.

"Ich weiß nicht", sagte Hinzelmeier, nachdem der Käse
verzehrt war, "mir ist unmaßgeblich zumute, als wäre ich
dem Stein der Weisen um ein Erkleckliches näher gerückt."

"Wertester Herr Kollege", erwiderte Kasperle, "Ihr sprecht
mir aus der
Seele. So laßt uns denn ungesäumt unsere Wanderung
fortsetzen."

Nach diesen Worten umarmten sie sich; Kasperle ging nach
Westen, Hinzelmeier nach Osten und zu seinen Häupten,
die Brille auf dem Schnabel, flog Krahirius.

Der Stein der Weisen

Aber er wanderte hin und her, kreuz und quer, sein Haar
ergraute, seine Beine wurden wankend; am Stabe ging er
von Land zu Land und immer fand er doch den Stein der
Weisen nicht. So waren noch einmal neun Jahre vergangen,
als er eines Abends, wie er es jeden Abend zu tun pflegte, in
ein Wirtshaus trat. Krahirius putzte wie gewöhnlich seine
Brille und hüpfte dann in die Küche um sich sein Abendbrot
zu betteln. Hinzelmeier trat in die Stube und lehnte seinen
Stab in die Kachelofenecke; dann setzte er sich still und
müde in den großen Lehnstuhl. Der Wirt stellte einen Krug
Wein vor ihn hin und sagte freundlich: "Ihr scheint müde,
lieber Herr; trinket nur, das wird Euch stärken!"

"Ja", sagte Hinzelmeier und faßte den Krug mit beiden
Händen, "sehr müde; ich bin lange gewandert, sehr lange."
Dann schloß er die Augen und tat einen durstigen Zug aus
dem Weinkruge.

"Wenn Ihr der Herr des Vogels seid, so glaube ich fast, es ist
nach Euch gefragt worden", sagte der Wirt. "Wie heißt Ihr
denn, lieber Herr?"

"Ich heiße Hinzelmeier."

"Nun", sagte der Wirt, "Euren Enkel, den Gemahl der
schönen Frau Abel, den kenne ich recht wohl."

"Das ist mein Vater", sagte Hinzelmeier, "und die schöne

Frau Abel ist meine Mutter."

Der Wirt zuckte mit den Achseln und indem er sich nach seiner Schenke wandte, sagte er bei sich selber: "Der arme alte Mann ist kindisch geworden."

Hinzelmeier ließ den Kopf auf seine Brust sinken und erkundigte sich, wer nach ihm gefragt habe.

"Es war nur eine arme Dirne", sagte der Wirt, "sie trug ein weißes Kleid und ging mit nackten Füßen." Da lächelte Hinzelmeier und sagte leise: "Das war die Rosenjungfrau, nun wird es bald besser werden. Wohin ist sie gegangen?"

"Es schien ein Blumenmädchen zu sein", sagte der Wirt, "wenn Ihr sie sprechen wollt, Ihr werdet sie leicht an den Straßenecken finden können."

"Ich muß ein Weilchen schlafen", sagte Hinzelmeier, "gebt mir eine Kammer und wenn der Hahn kräht, dann klopft an meine Tür."

Nun gab der Wirt ihm eine Kammer und Hinzelmeier legte sich zur Ruhe. Er träumte von seiner schönen Mutter; er lächelte, sie sprach im Traum zu ihm. Da flog Krahirius durch das offene Fenster und setzte sich zu seinen Häupten auf das Bett. Er sträubte seine schwarzen Federn und hackte mit seiner Klaue sich die Brille von dem Schnabel. Dann stand er unbeweglich auf einem Bein und sah auf den Schlafenden hinunter. Der träumte weiter und seine schöne Mutter sprach zu ihm: "Vergiß die Rose nicht!" Der Schlafende nickte leise mit dem Kopfe; der Rabe aber öffnete die Klaue und ließ die Brille auf seine Nase fallen.

Da verwandelten sich seine Träume; seine eingefallenen Wangen begannen zu zucken, er streckte sich lang aus und stöhnte. —So kam die Nacht.

Als im Zwielicht der Hahn gekräht hatte, klopfte der Wirt an die Kammertür; Krahirius reckte die Flügel und zupfte seinen Federbalg zurecht; dann schrie er "krahira! krahira!" Hinzelmeier richtete sich mühsam auf und starrte um sich her; da sah er durch die Brille, die noch auf seiner Nase saß, zur Kammertür hinaus, über ein weites, ödes Feld; dann weiterhin auf einen mählich ansteigenden Hügel; auf diesem, unter dem Rumpfe einer alten Weide, lag ein grauer, flacher Stein; die Gegend war einsam, kein Mensch zu sehen.

"Das ist der Stein der Weisen!" sagte Hinzelmeier zu sich selber.
"Endlich, endlich wird er dennoch mein werden!"

Hastig warf er seine Kleider über, nahm Stab und Ranzen und schritt zur Tür hinaus. Krahirius flog zu seinen Häupten, knappte mit dem Schnabel und schlug beim Fliegen Purzelbäume in der Luft. So wanderten sie viele Stunden. Endlich schienen sie ihrem Ziele näher zu kommen; aber Hinzelmeier war ermüdet, seine Brust keuchte, der Schweiß troff von seinen weißen Haaren; er stand still und stützte sich auf seinen Stab. Da kam aus der Ferne, hinter ihm, ganz aus der Ferne, fast wie ein Traum, ein Gesang zu ihm herüber:

Rinke, ranke, Rosenschein,
Laß ihn nicht allein, allein!
Halt ihn fest und hol ihn ein,
Rinke, ranke, Rosenschein.

Das spann sich wie ein goldenes Netz um ihn her; er ließ den Kopf auf seine Brust sinken; aber Krahirius schrie: "krahira! krahira!" da war das Lied verschollen und als Hinzelmeier die Augen wieder aufschlug, stand er am Fuße des Hügels.

"Nur eine kleine Weile noch", sagte er zu sich selber und ließ noch einmal seine müden Füße wandern. Als er aber den großen, breiten Stein allmählich in der Nähe sah, da dachte er: "Den wirst du nimmer heben."

Endlich hatten sie die Höhe erreicht, Krahirius flog voran mit ausgebreiteten Schwingen und ließ sich auf den Baumstamm nieder; Hinzelmeier wankte zitternd hinterher. Als er aber den Baum erreicht hatte, brach er zusammen, der Wanderstab glatt aus seiner Hand, sein Kopf sank auf den Stein zurück; doch in demselben Augenblick fiel auch die Brille von seiner Nase. Da sah er tief am Horizonte, am Rande der öden Ebene, die er durchwandert hatte, die weiße Gestalt der Rosenjungfrau; und noch einmal hörte er aus weiter Ferne:

Rinke—ranke—Rosenschein.

Er wollte aufstehen, aber er vermochte es nicht mehr; er streckte seine Arme aus, aber ein Frösteln lief über seine Glieder; der Himmel wurde grau und grauer, der Schnee fing an zu fallen, Flocke um Flocke, es schimmerte und flirrte und zog weiße Schleier zwischen ihm und der fernen, nebelhaften Gestalt. Er ließ die Arme fallen, seine Augen sanken ein, sein Atem hörte auf. Auf dem Weidenstumpf zu seinen Häupten steckte der Rabe den Schnabel zum Schlaf in seine Flügeldecken.—Der Schnee fiel über sie beide.

Die Nacht kam und nach der Nacht kam der Morgen und mit dem Morgen kam die Sonne, die schmolz den Schnee hinweg und mit der Sonne kam die Rosenjungfrau; die löste ihre Flechten und kniete neben dem Toten, daß die blonden Haare sein bleiches Antlitz ganz bedeckten und weinte, bis der Tag verging. Als aber die Sonne erlosch, gurrte der Rabe im Schlaf und rauschte mit den Federn. Da richtete die zarte Gestalt der Jungfrau sich vom Boden auf, mit ihrer weißen

Hand ergriff sie den Raben bei den Flügeln und schleuderte ihn in die Luft, daß er krächzend in den grauen Himmel hineinflog, sie pflanzte die rote Rose an den Stein und sang dazu:

"Nun streck die Würzlein tief hinab,
Nun wirf die Blättlein übers Grab,
Und singt der Wind im Abendschein,
Dann sprich auch du ein Wort darein,
Mit rinke, ranke, Rosenschein!"

Dann zerriß sie ihr weißes Kleid vom Saum bis an den Gürtel und ging zu ewiger Gefangenschaft in den Rosengarten zurück.

www.ingramcontent.com/pod-product-compliance
Lightning Source LLC
Chambersburg PA
CBHW030916260626
47169CB00008B/2871